SÉMIRE ET MÉLIDE,

COMÉDIE

EN DEUX ACTES.

Les Paroles sont de M. Anseaume.

La Musique est de M. Philidor.

SÉMIRE
ET
MÉLIDE,
COMÉDIE
EN DEUX ACTES,

Représentée devant *SA MAJESTÉ*, à Fontainebleau, le Samedi 30 Octobre 1773.

DE L'IMPRIMERIE

De Pierre-Robert-Christophe Ballard, seul Imprimeur de la Musique de la Chambre & Menus-Plaisirs du Roi, & seul Imprimeur de la grande Chapelle de Sa Majesté.

M. DCC. LXXIII.

Par exprès Commandement de Sa Majesté.

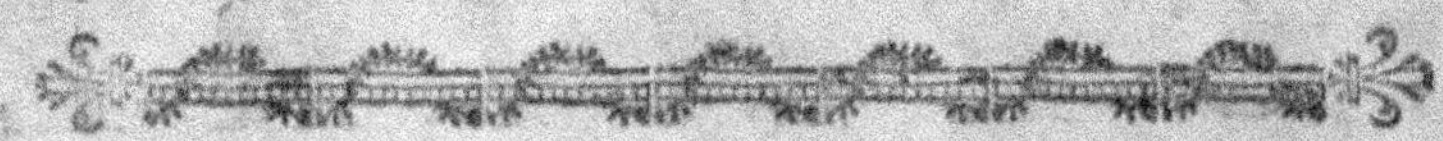

ACTEURS.

SEMIRE, *Mère de Mélide*,	La Dlle. Billioni.
MÉLIDE,	La Dlle. Trial.
AMINTAS,	Le S^r. Clairval.
PALÉMON, *Père d'Amintas*,	Le S^r. Suin.
PLUSIEURS MATELOTS.	

La Scène est dans une Isle déserte, détachée du Continent par un tremblement de terre.

Le sujet de cette Pièce est tiré d'un Poëme de GESSNER, qui a pour titre: Le Premier Navigateur.

SÉMIRE ET MÉLIDE.

ACTE PREMIER.

(*Le Théâtre repréſente une Prairie. On voit la Mer dans le fond. A gauche ſont des berceaux de verdure, à droite des fleurs, des plantes de différentes eſpèces, avec un grand Roſier qui avance un peu ſur le Théâ-tre, & un lit de gazon ſur le devant.*)

SCÈNE PREMIERE.

MÉLIDE, SÉMIRE.

(*Mélide couchée ſur le lit de gazon qui eſt à droite, y eſt endormie ; Sémire taille avec une petite ſerpe les branches des arbres qui environnent ſa cabane ; après en avoir taillé quelques-unes, elle s'arrête tout à coup & fixe douloureuſement les arbres qu'elle vient de tailler.*)

SÉMIRE.

JE ne verrai donc point la fin de ma miſere !
Hélas? Depuis quinze ans, en ce lieu ſolitaire

Je vis dans la douleur. Et de mes triftes jours
Bientôt j'y finirai le cours.
L'Univers entier m'abandonne.
De tous côtés la mer qui m'environne,
Me fépare à jamais du refte des humains.
Jadis ce malheureux afyle,
Ces champs cultivés par mes mains
Tenoient au continent : à préfent c'eft une Ifle,
Inacceffible à tout mortel,
Où fans retour le fort m'exile...
Eh... Qui pouvoit prévoir ce changement cruel !

A I R.

Tout dormoit,
Tout refpiroit
Dans un calme profond,
Soudain éclate le tonnerre,
L'onde en mugiffant lui répond;
L'on fent trembler la terre,
Et la nature entiere
Semble prête en ce moment
A retomber dans le néant.
Le jour enfin paroît,
L'air eft calmé, l'onde fe tait,
Je prends ma fille dans mes bras,
Je vais, je cours, j'appelle...
On ne me répond pas.
Silence affreux, nuit cruelle!
Tout a péri.

Dans les eaux tout est englouti.
Je vais, je cours, j'appelle...
On ne me répond pas.
Hélas! hélas!
De tous côtés je ne voi
Que de flots au tour de moi.

(*Elle s'avance vers l'endroit où Mélide est endormie.*)

Tu dors, chere Mélide, un fâcheux souvenir
De ton sommeil ne trouble point les charmes.
Ton jeune cœur exempt d'alarmes
Ne sçait pas à quels maux t'expose l'avenir!
Quand je n'y serai plus... O fille infortunée...
Hélas! à peine elle étoit née,
Quand son pere mourut, quand un désastre affreux
Ici nous porta toutes deux.
Elle n'y connoît que sa mere,
Elle ignore encore à présent
Qu'il est d'autres humains, qu'elle ait eû même un pere;
Et que l'Univers soit plus grand.
'Attendant son réveil, dans le prochain bocage,
Je vais choisir des fleurs', & les lui préparer,
C'est là tout son plaisir; elle aime à s'en parer.

(*Elle sort.*)

SCÈNE II.

(Dès que Sémire est sortie, on voit Amintas voguant sur la mer dans un tronc d'arbre qu'il conduit avec des rames. Après avoir abordé, il tire sur le sable son arbre, & l'attache au rivage, de maniere qu'il reste à moitié caché par les branches de divers arbustes.

MÉLIDE, *toujours endormie ,*
AMINTAS.

AMINTAS.

ME voici donc sur ce rivage...
Mais quels objets frappent mes yeux...
Tout ce que je vois en ces lieux
Ne présente rien de sauvage.
Ah ! sans doute il sont habités.
La nature de tous côtés ,
Par les efforts de l'art me paroît embellie.
Mon pere me l'avoit bien dit ,
Et tout confirme son récit.
Qu'avec plaisir ici je passerois ma vie. . . .
Ah ! mon pere, pardon... Je vous quitte à regret...
Mais vous avez vous même excité dans mon ame
L'ardeur qui me guide & m'enflâme ,

Et je viens en chercher l'objet.
Mais j'apperçois... Quel est cette jeune mortelle ?...
A sa jeunesse... A ses appas...
Je n'en sçaurois douter... C'est elle...
Ah ! mon cœur me l'assûre, & ne me trompe pas.

*(Il s'approche du lit de verdure ou Mélide est
endormie & la contemple.)*

ARIETTE.

Tu ne sçais pas , Beauté charmante ,
Quels périls j'ai bravés pour toi,
  Sur une écorce flottante
J'ai franchi la mer écumante
Pour venir te dire : *aime moi.*
Avant que l'Aurore s'éveille,
En fermant ses tendres boutons,
La Rose ainsi fraîche & vermeille ,
Se panche à l'ombre des buissons.

Tu ne sçais pas , &c.

(Il prend une main de Mélide & la baise. Mélide fait un mou-
vement & paroît vouloir s'éveiller... Amintas se léve avec
précipitation.)

Elle s'éveille... O Ciel ! que mon ame est émue !
  Mais mon aspect la pourroit effrayer !
  Parmi ces joncs, auprès de ce rosier ,
En ce premier moment , cachons nous à sa vue.

(Il va se cacher derriere le Rosier qui est à la droite
du Théâtre.)

SCÈNE III.

MÉLIDE, *s'éveillant.*

MA mere, ma mere, est-ce toi ?
Pourquoi donc te cacher? Approche , réponds moi.
Ma mere... Hélas ! ce n'est point elle...
J'ai senti cependant... D'une langueur mortelle
Mes sens sont accablés...

SCÈNE IV.

MÉLIDE, SÉMIRE, *tenant une guirlande.*

SÉMIRE.

MA fille , me voici ,
Tu ne dors donc plus ?

MÉLIDE.

Oh ! ma mere !

SÉMIRE.

Explique-toi , tu sçais à quel point tu m'es chere.
Qui peut te causer du souci ?

DUO.

SÉMIRE.	MÉLIDE.
Quoi ! ton fidele mouton	
Dans les flots est-il tombé ?	Non.
Quelque abeille sur ce gason	
Vient-elle de te piquer ?	Non.
Eh bien ! eh bien quelle in-	
fortune	
Vient donc de t'arriver ?	Aucune.
Aucune ! je n'y comprend	
rien.	Ni moi.
Mais pourquoi, dis-moi donc	
pourquoi	
Une douleur si grande ?	Pourquoi ?..
Je t'ai fait cette guirlande ;	Je ne le sçais pas.
Viens, qu'autour de tes bras	
Je la passe, je l'étende ;	Hélas ! hélas !
Vois ces œillets, cette jon-	Ils ne me touchent plus,
quille.	Mes sens sont abbatus.
Ah ! ma fille ! ah ! ma fille !	
Tout cela ne te touche plus.	Tout cela ne me touche plus.

SÉMIRE.

D'où vient ce changement ? des fleurs que tu cultives
Ces lieux riants sont toujours embellis,
Les arbres que mes mains ont plantés sur ces rives
T'offrent comme autrefois, leur ombrage &leurs fruits.
    Tu vois tes brebis caressantes
    Autour de toi paître & bondir,
    Et les abeilles diligentes
    Donner leur miel pour te nourrir.

La nature par-tout active & bienfaisante,
Ne semble ici songer qu'à ton bonheur...
Pourquoi donc n'es-tu pas contente ?
Et que manque-t-il à ton cœur ?

MÉLIDE, *soupirant & s'affligeant davantage.*

Ce qu'il lui manque ? Ah ! Dieux...

SÉMIRE.

Ta douleur les outrage.
Que voulois-tu pour toi qu'ils fissent davantage.

MÉLIDE.

ARIETTE.

Pardon ! Maman, Maman pardon,
Les caresses d'un mouton,
Une abeille, un arbre, une rose,
Me semblent bien peu de chose.
Pardon, Maman, Maman, pardon.

Le bruit d'un ruisseau qui serpente,
La voix du rossignol qui chante,
Ces oiseaux en se bequetant,
Et ce feuillage en s'agitant,
Tout à présent semble me dire :
Soupire, soupire.
Et je répete en soupirant;
Pardon, Maman, &c.

SÉMIRE.

Dans de vagues desirs tes esprits égarés,
Ne s'élancent ainsi que vers une chimere.

MÉLIDE.

Non. Et par la nature entiere
Ces desirs me sont inspirés.

ROMANCE.

De mes moutons le nombre augmente,
L'agneau suit la brebis bélante,
Autour des fleurs de ce séjour,
Mille fleurs naissent chaque jour :
Le liere croît au pied du lierre,
De jeunes pins s'élevent sous les vieux...
    Ah ! dis-moi donc, dis-moi, ma mere,
Pourquoi toujours ne restons-nous que deux?

    J'ai vû les vives hirondelles
    S'unir en agitant leurs aîles,
    Leur bec après forme des nids,
    Il vient des œufs, puis des petits :
    Bientôt une plume légere
    Les a couverts ; ils s'envolent joyeux.

Ah ! dis-moi donc, &c.

SÉMIRE.

Tel est des Dieux la volonté suprême,
Nous ne pouvons, ma fille, en détourner l'effet.
Mais avec moi, moi, ta mere qui t'aime,
Se peut-il que ton cœur ne soit pas satisfait ?

MÉLIDE.

Il devroit l'être ... mais...

SÉMIRE.

        Parle, que veux-tu dire ?

MÉLIDE.

Je n'oserois ... du moins tu daigneras m'instruire ?

SÉMIRE.

(À part.) Le pauvre enfant me fait pitié.
(à Mélide.) Attens tout de mon amitié.

MÉLIDE.

Je suis ta fille ... & toi ma mere?

SÉMIRE, *avec sentiment.*

Oui Je le suis.

MÉLIDE.

Ne te fâche donc pas.
De ces noms différens apprends moi le mistere ,
Qu'expriment-ils ?

SÉMIRE, *à part.*

Quel embaras !

MÉLIDE.

Je ne vois entre nous que de la ressemblance ;
Qui fait donc cette différence ?

SÉMIRE.

La taille , l'âge ...

MÉLIDE.

Quelque jour
Je serai donc mere à mon tour ?
Mais qui sera ma fille ? Est-ce toi ?

SÉMIRE, *hésitant.*

J'imagine ....

MÉLIDE.

Eh bien ?

SÉMIRE.

Je ne sçais pas si des Dieux le pouvoir...

MÉLIDE.

Les Dieux!..

SÉMIRE.

Sans murmurer mets en eux ton espoir;
Et quelque soit le sort que le ciel te destine
Songe qu'il faut sçavoir l'attendre & le souffrir.

MÉLIDE, *avec impatience.*

Oui, oui, Je sçais celà. Mais achève de grace,
Sur un doute qui m'embaraffe.
Par pitié daigner m'éclaircir.
Surement ta naiffance a précédé la mienne,
Car je t'ai toujours vue ainfi que je te voi,
Grande comme tu l'es, mais moi
Je me souviens d'un tems ou je n'étois à peine;
Haute que comme un pié d'œillet :
J'ai grandi par degrés. Tu sçais à mon sujet,
Tout ce qui s'est paffé, tes yeux m'ont dû voir naître :
Dis moi quand, où, comment les Dieux m'ont donné
l'étre ?
Aprends-moi tout.

SÉMIRE.

Un jour … venant de les prier …

MÉLIDE.

Eh bien achève donc.

SÉMIRE.

Là-bas fous un rofier,
Je te trouvai toute petite.

MÉLIDE.

Comment ! . . rien n'est plus singulier !
Quand tu les eus priés ! . . là-bas . . . sous un rosier....
        Tu me trouvas toute petite ?
        Ah ! Je vais les prier aussi ,

        (*vivement & avec joie.*)

        Que ne m'as tu plutôt instruite ?
        Sousun rosier ! sous celui-ci
Peut-être que pour moi leur bonté favorable
        Va faire encore un prodige semblable.

SÉMIRE, *à part,*

Chere enfant . . . je ne puis contenir mes douleurs ;
        Ah ! du moins cachons lui mes pleurs.

(Elle sort.)

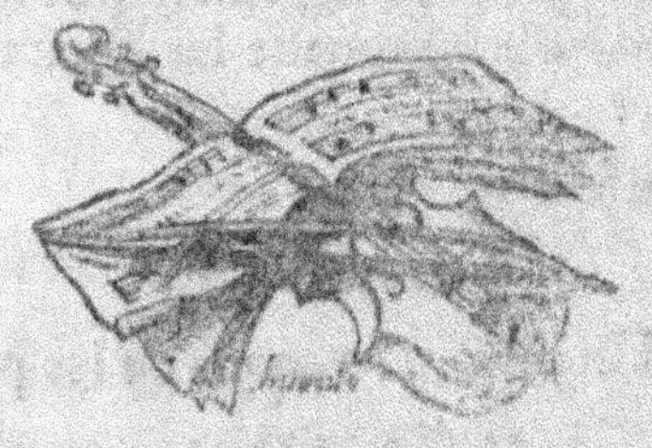

SCÈNE

SCÈNE V.

MÉLIDE, *seule.*

MAMAN me repête sans cesse
Que les Dieux peuvent tout, qu'ils sont bons, bien-
faisans,
Et que nous sommes leurs enfans.
Eh bien s'il est ainsi, leur bonté, leur sagesse,
Ne m'aura pas donné des desirs superflus :
Sans couroux ils doivent m'entendre,
Bénir mes vœux, aimer même . . . à s'y rendre,
Ils auront un enfant de plus.

AIR.

Vous, dont jadis la puissance,
Me fit naître sous un rosier,
Dieux ! Le bienfait n'est pas entier,
Non, non, de son existence,
Mon cœur n'a que la moitié ;
Ah ! de mes pleurs ayez pitié,
Dieux, donnez-moi l'autre moitié.
J'attends de votre bienfaisance,
Cet être qui peut seul me faire un sort heureux,
Vous le pouvez, comblez mon espérance,
Daignez l'accorder à mes vœux,
Et soyez sûrs, Grands Dieux ! de ma reconnoissance.
Vous dont jadis &c.

(*Quand elle a fini de chanter, Amintas se lève doucement
derriere le Rosier, & elle se recule en faisant un cri de
surprise & de joie.*)

B

SCÈNE VI.

MÉLIDE, AMINTAS,

MÉLIDE, *émue.*

QUE vois-je ! je tremble... Les Dieux
Auroient-ils exaucé mes vœux ?
Est-ce-là ?... Ma joie est extrême...
Est-ce-là ?... cet être enchanteur,
Cet être qui manquoit à mon bonheur suprême ?
Dans les yeux, qu'il a de douceur !
Parlons-lui... Pourra-t-il me répondre... m'entendre ?
Ah ! sans doute... ce regard tendre
Déjà parle à mon cœur.

DUO.

MÉLIDE.	AMINTAS.
Approche, créature aimable,	
Viens à mes côtés, place-toi,	
C'est des Dieux la main fa- vorable	
Qui vient de te créer pour moi.	Oui, pour toi !
	Pour toi.
Pour moi.	O ma bien aimée !
Oui, mon oreille est charmée	J'ose te nommer ainsi.
De m'entendre nommer ainsi.	
Ma main tremble dans la tienne.	Quoi ! ta flâme égale la mienne.

MÉLIDE.   AMINTAS.

ENSEMBLE.

Mes transports heureux	Le feu de tes yeux
Feront ton bonheur.	Passe dans mon cœur.
De mon sort cet instant dé- cide ;	
Je me donne à toi pour ja- mais.	
	Vers toi l'Amour fut mon guide,
	Il met le comble à ses bien- faits,
Reçois le cœur de Mélide,	
Reçois ce tendre dépôt.	

ENSEMBLE.

Ah ! que n'ai-je prié plutôt !   Ah ! que n'ai-je vogué plutôt !

MÉLIDE.

Comme sa voix fait palpiter mon cœur !
Qu'elle s'y porte avec douceur !
Dis-moi , créature charmante ,
Qu'étois-tu , tout-à-l'heure ? Une fleur ? Une plante ?
Mais qu'importe , après tout ? Te voilà désormais
Devenue un autre moi-même.

AMINTAS.

Ah ! puissai-je l'être à jamais !

MÉLIDE.

Que j'aurai soin de toi , combien déjà je t'aime !
J'irai pour toi cueillir les plus beaux fruits ;
Je n'aurai plus de chagrins ni d'ennuis.
Tout va prendre à mes yeux une face nouvelle ;
Tu viendras dans ma grotte , elle en sera plus belle ;

B ij

Sur le rivage , au bois , tu m'accompagneras ,
   Dans mes travaux tu m'aideras ;
Surtout autant que moi , tu chériras ma mere ;
   Tout le jour nous travaillerons ,
   Pour ne lui laisser rien à faire ;
Et le soir par nos jeux nous la réjouirons.

AMINTAS.

Chaque mot qu'elle dit me pénétre & m'enchante ;
Je ne puis me lasser d'admirer tant d'attraits.
Digne objet de mes vœux , ô chere & tendre amante ,
Mon sort est décidé , je t'adore à jamais.

SCÈNE VII.

MÉLIDE, AMINTAS, SÉMIRE,
reculant d'effroi en voyant Amintas.

MÉLIDE.

Ma mere , ma mere , viens vîte ,
   Regarde ce présent des Dieux ,
Ils viennent à l'instant de produire en ces lieux ,
Cette aimable figure. Elle n'est pas petite ,
Ainsi que je l'étois lorsque tu me trouvas ...
   Approche , approche , ne crains pas.

SÉMIRE.

Est-ce une illusion , je doute si je veille ...
Ma fille ... & par quelle merveille ...

MÉLIDE.

Approche donc. Tu peux le toucher, le flatter,
Cet être est doux, charmant ; plus je le considere
Plus d'aise & de plaisir je me sens transporter...
      Ne vas pas l'effrayer, ma mere.

SÉMIRE, *à Amintas.*

O toi qui viens t'offrir à mes regards surpris,
Dois-je frémir de crainte, ou tréssaillir de joie ?
Si la vertu t'inspire, & si le ciel t'envoye,
      Qui que tu sois je te bénis :
      Mais quel Dieu, quel pouvoir céleste,
      Jusques à nous en ce séjour,
T'a pu transporter ?

AMINTAS.

                C'est l'Amour.
Souvent on me parloit du désastre funeste,
      Que la Nature a souffert en ces lieux ;
      Souvent sur le bord du rivage,
Quand la mer étoit calme & le ciel sans nuage,
Mon pere déplorant votre sort malheureux,
Regarde, disoit-il, jette là-bas les yeux,
      Tu vois au bout de l'hémisphère,
La pointe de ce mont qu'environnent les flots,
Et qui, quand le soleil s'est couché dans les eaux
Quelques moments encor reflêchit sa lumiere...
Là, Sémire autrefois eut sa cabane ; hélas !
Peut-être elle y languit encore avec sa fille !
Sa fille, dont le sort devoit s'unir au tien !

SÉMIRE, *en tressaillant.*

Palemon est ton pere ! ô ciel, se peut-il bien?
Oui, nous avions tous deux projetté ce lien,

Pour ne former un jour qu'une même famille ;
C'est toi, cher Amintas ! C'est donc toi que je vois !
Toi qu'en mes bras jadis j'ai porté tant de fois !
En effet .... à ses traits j'aurois dû le connoître.

MÉLIDE, *à Amintas.*

Comment sous ce rosier tu ne viens pas de naître ?

AMINTAS.

Non , Je te desirois, je t'aimois dès longtems.

MÉLIDE.

O Dieux ! quelle étonnant langage !

AMINTAS.

J'apperçus l'autre jour flotter près du rivage,
Le tronc d'un chêne abbatu par les vents ;
    Et déja creusé par les ans.
En agitant leurs pieds , les cygnes m'ont, sur l'onde,
Montré l'art de régler sa course vagabonde.
Et l'Amour rassemblant les Zéphirs les plus doux ,
Sur l'abîme des eaux m'a porté jusqu'à vous.

TRIO.

MÉLIDE.

Ma mere. . . .

SÉMIRE.

Ma fille . . .

ENSEMBLE.

    Rendons grace aux Dieux,
Ils ont eu pitié de nos larmes,

Pour { lui / me } faire un sort plein de charmes.

Ils l'ont porté jusqu'en ces lieux.

AMINTAS.

Ah ! que mon sort auroit de charmes,

Si mon pere étoit dans ces lieux !

MÉLIDE.

Allons dans ma cabanne,

Puis dans ma grotte tu viendras.

AMINTAS.

A les quitter hélas,

Faut-il que le sort me condamne !

SÉMIRE.

Eh bien cher Amintas.

Parle moi, parlons de ton pere.

AMINTAS.

Ce souvenir me désespère.

MÉLIDE.

Tu verras mes fruits,

Mes fleurs, mes brebis.

AMINTAS, *à Mélide.*

Je verrai tes fruits,

Tes fleurs tes brebis.

SÉMIRE, *à Amintas.*

Parle moi, parlons de ton pere.

AMINTAS.

Ce souvenir me désespère,

J'ai causé sa douleur amere,

(*A part.*)
Que deviendroit-il , hélas !
Si je ne m'en retournois pas ?

MÉLIDE.

Viens, viens, courons, suis mes pas.
Mon jardin ma grotte est là ,
Je veux te montrer tout celà.

SÉMIRE.

Ma fille...

MÉLIDE.

Ma mere , &c. &c. &c.

Fin du premier Acte.

ACTE II.

SCÈNE PREMIERE.

AMINTAS, *seul.*

JE ne me connois plus, un charme, un doux poison,
Quand je suis auprès d'elle égare ma raison.
Je n'aime, je ne vois, je n'entends que Mélide,
Et l'univers entier à mes vœux disparoît...
Il t'y reste pourtant un pere.. ô fils perfide !
Ainsi donc en ton cœur la nature se taît.

RÉCITATIF obligé.

Je l'ai vû de loin, il pleuroit,
Sur les ondes écumantes,
En frémissant des yeux il me suivoit.
Il me tendoit ses mains tremblantes,
Et par ses cris me rapelloit.
Ah ! volons ... mais, Mélide !.. ô Dieux !
Moi la laisser seule en ces lieux !
L'abandonner à ses regrets !
Non, cher objet que j'adore,
Non, je te le jure encore,

Je ne te quitterai jamais.
Fils ingrat ... que dis-tu ?
Là bas , sur le sable étendu',
Ton pere gémit & t'appelle...
Mon pere ... elle est si belle...
Pour moi Mélide a tant d'amour ! hélas ! ..
Mon pere ne m'aime-t-il pas ?...
A présent sa voix plaintive
Fait retentir l'autre rive . . .
Dieux ! quel est son désespoir.
Il me semble encor le voir.

Ah ! pardonne , amante trop chere ,
Pardonne & ne t'afflige pas.
Avant de t'aimer , j'eus un pere ,
Et je revôle dans ses bras.

SCÈNE II.

AMINTAS, MÉLIDE.

MÉLIDE, *tenant une corbeille pleine de fruits.*

AH ! te voilà , cher Amintas !
C'est Amintas , dis-tu ? je ne l'oublirai pas.
Regarde les beaux fruits que j'ai dans ma corbeille...
Mais pourquoi tout à coup es-tu parti sans moi
Tandis que je cueillois ces raisins à la treille ?...
Ah ! si ce n'eût été pour toi ,
J'aurois tout quitté pour te suivre.
Quand je ne te vois plus , je crois cesser de vivre.

ARIETTE.

De l'arbre, ces fruits détachés
Bientôt se fanent & périssent.
Vois comme déjà se flétrissent
Ces lys de leur tige arrachés.
Ainsi mon sort est desormais
De vivre unie à ce que j'aime.
On me verroit périr de même,
Si l'on m'en séparoit jamais.

De l'arbre, &c.

AMINTAS.

Ces accens si touchans, cette naïve ardeur
Transportent ton amant, & lui percent le cœur.
        Quelle en sera la récompense?
Pour tant d'amour, hélas! quelle reconnoissance!..

MÉLIDE.

Oh! tu ne m'en dois point. Garde-toi d'y songer.
De grace pour cela ne va pas t'affliger,
Car j'ai tant de plaisir à t'aimer, à le dire...
        C'est toute ma félicité.
    Si dans mon cœur tu pouvois lire,
    Tu verrois bien que c'est la vérité..

AMINTAS, *à part.*

Tout ce qu'elle me dit ne sert qu'à me confondre.

MÉLIDE.

Mais quoi! tu sembles triste! est-ce qu'auprès de moi
Tu t'ennuirois déjà? Qu'as-tu?

AMINTAS, *à part.*

                Que lui répondre?

(*Haut.*) Mélide... Ah! je voudrois...

MÉLIDE.

                Parle, tout est à toi,

Ma grotte, mes brebis, mon jardin, ma prairie,
Je t'en fais don.

AMINTAS.

Mélide...

MÉLIDE.

Eh bien, cher Amintas,
Es-tu content?... Oui, n'eſt-ce pas?
En ces lieux avec moi tu paſſeras ta vie?
Dis-donc... Tu le veux bien?...

AMINTAS.

Hélas!

MÉLIDE.

Tu ſoupires! pourquoi? Quelle eſt donc ton envie?

AMINTAS.

Pardonne-moi... Je reviendrai.

MÉLIDE.

Comment?

AMINTAS.

Un devoir rigoureux m'y force en ce moment.
Mais, je te promets...

MÉLIDE.

Parle, acheve... Je friſſonne,

AMINTAS.

Il faut ... que je quitte ces lieux.

MÉLIDE, *laiſſant tomber ſon panier.*

Toi! me quitter! ma force m'abandonne...
Ah! j'en mourrai...,
(*Elle ſe laiſſe tomber ſur le banc de gazon.*)

AMINTAS.

Sémire accourez... Juſtes Dieux!

DUO.

AMINTAS.

Mélide, Amante chérie,
Elle ne répond pas... O Dieux !
Mélide reviens à la vie.
Reprends tes sens... Ouvre les yeux,

MÉLIDE.

Hélas ! où suis-je. Quelle nuit...
Je suis seule... Ciel il me fuit...

AMINTAS.

Elle ne m'entend plus. Et sa vue égarée...?

MÉLIDE

Je ne le verrai plus... Hélas !...
Il s'est arraché de mes bras.

AMINTAS.

Non Mélide, Amante adorée,
Reconnois moi. C'est Amintas.

MÉLIDE.

Amintas !... Toi qui disois
Que tu m'aimois...

AMINTAS.

Je jure encore
Que je t'adore.

MÉLIDE.

Tu me fuirois...
Ah ! j'en mourrois.

AMINTAS.

Non, jamais, non tu m'es trop chere.

MÉLIDE.

Tu le promets.

MÉLIDE, AMINTAS.

ENSEMBLE.

MÉLIDE.   Tu ne me fuiras jamais.
AMINTAS.   Je ne te fuirai jamais.

AMINTAS.

Qu'ai-je dit! ô Ciel ! ô mon pere...
Mon cœur est prêt à le trahir.
Oui, Mélide, oui, tu m'es chere ,
Et malgré moi je dois te fuir.

Ensemble. { Hélas ! il faut la fuir ,
Sa douleur me fera mourir.

MÉLIDE.

Cruel , tu veux me fuir ;
Tu veux donc me faire mourir.

AMINTAS.

Hélas ! que résoudre. Que faire ?
Pour calmer ses transports , courons chercher sa mere.

(Il sort.)

SCÈNE III.

MÉLIDE, *seule.*

Est-ce là ce qu'aux Dieux j'avois tant demandé?
C'est donc pour me tromper qu'ils me l'ont accordé!
Devoient-ils à ce prix contenter mon envie?
Amintas... De pitié son cœur n'est point ému.
S'il me quitte je perds le bonheur de ma vie...
Je perds tout... Ah cruel? pourquoi t'ai-je connu?

ARIETTE.

Ah si dans cet arbre funeste,
Il ose rentrer & me fuir,
Dieu des mers, Dieu que j'atteste,
  Arme toi pour le punir;
    Que soudain l'orage
    Soulève les flots,
    Et qu'au sein des eaux
    Son juste naufrage...
Je ne puis achever, hélas!
Non, grand Dieu, ne m'exaucez pas,
Non, que l'onde moins cruelle,
Repousse ici l'infidele,
Et le rejette dans mes bras.

(*Courant au-devant de sa mere qui arrive avec Amintas.*)
Il veut m'abandonner, ma mere, il veut partir.
  Viens m'aider à le retenir.

SCÈNE IV.

MÉLIDE, SÉMIRE, AMINTAS.

AMINTAS.

SÉMIRE vous fçavez... Mélide je te jure...
Laiffe moi fatisfaire aux loix de la nature...
Pour me juftifier je ne vœux que ton cœur.
Ta mere perdroit-elle une fille fi chere ?
Sans en expirer de douleur?
Et voudrois-tu quitter une fi tendre mere,
Pour fuivre ailleurs l'Amour & le Bonheur ?
Eh bien, moi j'ai de même un pere.
Il m'aime, je l'adore; il va mourir, hélas,
Si bientôt mon retour ne l'arrache au trépas.

MÉLIDE.

Ma mere dit-il vrai? Tu l'entends bien... Son pere !
Ne me trompe-t-il pas? Eft-ce comme une mere?
Doit-on l'aimer autant?

SÉMIRE.

Oui ma fille.

MÉLIDE.

(*Vivement.*)   Je voi
Qu'en effet... Mène nous l'une & l'autre avec toi,
Nous nous abandonnons fans crainte à ta conduite.
Dans ton arbre creufé, place nous, courons vîte.

AMINTAS.

AMINTAS.

Hélas ! il ne pourroit tous trois nous contenir,
Et nous serions ensemble assûrés de périr.

MÉLIDE, *dans l'abbattement.*

Non, je périrai seule... Hélas tout m'est contraire.

SÉMIRE.

Mais ma fille, pourquoi cette douleur amère ?
Il le promet, il reviendra.

MÉLIDE.

Il le promet en vain. Je mourrai s'il s'en va.
Bientôt tu n'auras plus de Mélide... Ah ma mere !

SÉMIRE.

Eh bien, pars avec lui.

MÈLIDE, *vivement.*

Sans toi ! non, non, ah ! Dieux !

SÉMIRE, *à Amintas.*

Je te la donne pour Epouse,
Aime-là constamment. Fais lui des jours heureux :
Embrasse moi, ma fille, & reçois mes adieux,
Va, pars, de ton destin je ne suis point jalouse.

TRIO.

MÉLIDE.

Moi ! que je t'abandonne !

SÉMIRE.

Oui ma fille, je te l'ordonne,

MÉLIDE.

Non, ma mere, non, jamais.

SÉMIRE.

Dans ses bras je te remets.

AMINTAS.

Dieux, comme elle aime sa mere !
Et moi j'oublirois mon pere !

MÉLIDE.

Non, ma mere, non, jamais.
Je ne te quitterai jamais.

SÉMIRE.

Dans ses bras je te remets.
Qu'il te chérisse à jamais.
Partez sans moi, partez tous deux.

MÉLIDE.

A tes genoux ta fille tombe.

AMINTAS.

Pour moi quel exemple, grands Dieux !

SÉMIRE.

Mon Epoux est mort en ces lieux,
Je resterai près de sa tombe ;
Elle doit nous réunir,
Et c'est-là que je veux mourir.

MÉLIDE.

Rien ne peut nous désunir,
Avec toi j'aime mieux mourir.

AMINTAS.

Ah ! mon pere ! moi le trahir !
Qu'à présent j'aurois à rougir.

AMINTAS.

Ciel ! Quels combats ! quel spectacle touchant !
　　Je suis dans un raviſſement . . .
　　　Oui, ſi tout à l'heure ma flâmme,
Juſqu'à trahir mon père, eût égaré mon âme ;
　　　Ce que j'entends , ce que je vois ,
Soudain à la nature eût rendu tous ſes droits.
Non , non , chere Mélide , & vous mere trop tendre ;
Le ſort ne vous doit point ſéparer toutes deux ,
S'il faut qu'en ce moment l'une reſte en ces lieux ,
　　　Bientôt je viendrai l'y reprendre ;
Le ciel continuera de protéger nos vœux.

SÉMIRE.

Mais le vent fortement agite ce feuillage

AMINTAS.

La vague en mugiſſant vient frapper le rivage , (a)

MÉLIDE, à *Amintas.*

Ah tu le vois ... les Dieux ſe déclarent pour moi.
Ils s'oppoſent ſans doute ...

　　(*Ils s'approchent du rivage.*)

AMINTAS.

　　　　Eſt-ce que la tempête ... ?

MÉLIDE.

Oui , oui, le ciel l'envoye afin qu'elle t'arrête ;
Que tu ne partes pas.

AMINTAS.

　　　　Qu'eſt-ce que j'apperçoi !

SEMIRE.

Quelle merveille ſurprenante !

___

(a) L'Orcheſtre exprime l'agitation des flots.

MÉLIDE.

C'est comme une cabanne, une maison flottante.
Qu'elle est petite !

AMINTAS.

Elle est encor bien loin de nous.
Dans un tronc d'arbre ainsi je suis venu vers vous.

SÉMIRE.

Des hommes sont dedans. Le vent, l'orage augmente !
Hélas ! ils vont périr, leur danger m'épouvante.

AMINTAS

Voyez-vous ce vieillard, qui vers nous tend les bras ?

SÉMIRE.

Tous les autres luttent ensemble,
Contre les flots & le trépas.

AMINTAS.

Ce vieillard ... quel est-il ? Je ne sçais, mais je tremble..
Il semble implorer mon secours ...
C'est mon pere ... c'est lui ! Grands Dieux, sauvez ses
     jours ...,
Mais leurs efforts des flots domptent la violence.

SÉMIRE.

La mer appaise son courroux.

MÉLIDE.

Ils approchent du bord.

AMINTAS

Le ciel dans sa clémence
Comble enfin mes vœux les plus doux,
Et ses bienfaits passent mon espérance.

SCÈNE V & *derniere*.

SÉMIRE, MÉLIDE, AMINTAS, PALÉMON, MATELOTS.

AMINTAS, *courant à Palémon.*

AH ! mon père, en vous embraffant,
Mon cœur frémit encore & fe raffure à peine.

PALÉMON, *à fon fils.*

Je ne fens que ma joie en cet heureux moment ;
Du bonheur de te voir mon âme toute pleine ,
Ne peut. . . .

SÉMIRE.

Ah ! Palémon, le croirai-je ? Eft-ce vous ,
L'ancien ami de mon époux ?

PALÉMON.

Ah ! ma chère Sémire ! Et … voilà votre fille :
De combien d'attraits elle brille !

AMINTAS.

Mais , mon père, comment , par quel prodige heureux
Avec ces inconnus êtes vous en ces lieux ?

PALÉMON.

Loin de leur route , écartés par l'orage ,
Dans une barque immenfe , à cet autre rivage
Ils venoient d'aborder.

AMINTAS.

Quoi ! ces braves humains. . .

PALÉMON.

Ont, longtems avant toi, dans des climats lointains,
Inventé le grand art de s'asservir Neptune :
Et courent sur les flots pour suivre la fortune :
Ils ont été soudain attirés par mes cris ;
Ils viennent, on leur dit d'où naissent mes allarmes ;
Moi, je tombe à leurs pieds, je les baigne de larmes,
J'implore leur secours, & je les attendris.
Dans leur chaloupe alors, dans ce petit navire,
Quelques-uns sont entrés, avec eux ils m'ont pris,
Après toi, vers ces bords ils m'ont voulu conduire,
Ils m'ont sauvé la vie, & je leur dois, hélas !
Le bonheur de me voir à présent dans tes bras.

AMINTAS, *aux Matelots.*

O mortels généreux ! quelle reconnoissance
   Egalera jamais un tel bienfait ?
(*A son père.*)
Et vous, oublierez-vous ma coupable imprudence !

MÉLIDE.

Ne vas pas le gronder, tu n'en as pas sujet.
Oh ! non, il t'aime bien. Tout-à-l'heure il pleuroit ;
Il vouloit s'en aller ; c'est en vain que mes larmes....

PALÉMON.

Je lui pardonne tout, en voyant tant de charmes.
(*A Mélide.*)   (*A Amintas.*)
   Sois ma fille. Sois son époux.

SÉMIRE.

Oui, je bénis ces nœuds qui vont nous unir tous.

MÉLIDE.

Ma mère . . . . mon époux ! . . . Je n'y puis rien
comprendre.

(*A Amintas.*)

Que de choses tu dois m'apprendre !

CHŒUR.

LES MATELOTS.

Chantez l'Amour & vos deftins,
Chantons l'art de voguer fur l'onde.
Par lui tous les peuples du monde,
Aujourd'hui deviennent voifins.

PALÉMON, AMINTAS, SÉMIRE ET MÉLIDE.

Chantons l'amour & nos deftins,
Chantons l'art de voguer fur l'onde,
Chantons l'amour & nos deftins.

AMINTAS.

Des flots j'ai franchi la barrière,
Pour unir ton fort au mien.

MÉLIDE.

Sur cette rive folitaire,
Mon cœur appelloit le tien.

SÉMIRE, *à Palémon.*

Quel bonheur après tant d'allarmes !
Palémon, confondons nos larmes.

AMINTAS.

Ah! mon père, pardonne-moi,
Je t'ai quitté ... Je te vois.

PALÉMON.

Ces momens en ont plus de charmes.
Dans tes bras laisse-m'en jouir.

ENSEMBLE.

MÉLIDE   Ah ! ma mère !
SÉMIRE   Ah! ma fille !
AMINTAS. Ah ! mon père ! } confondons nos larmes.
PALÉMON. Ah! mon fils !

Ce sont les larmes du plaisir.

(On reprend le Chœur.)

Chantons l'amour, &c.

FIN.